AF357151

CATALOGUE

DES

OBJETS D'ART

ET

D'AMEUBLEMENT

Fauteuils, Chaises des époques Louis XIII, Louis XIV
et Louis XV; Tapisseries au petit point;
Cabinets italiens; Table en marqueterie; Flambeaux;
Commodes; Bureaux, etc.

FAIENCES ANCIENNES

Belle Soupière en faïence de Lorraine;
Plats en suite de Palissy;
Moustiers; Vieux Rouen; Faïences hispano-arabes;

BEAU BAROMÈTRE LOUIS XVI
en bois sculpté et doré

TABLEAUX ANCIENS

Par Breughel (le Vieux), Jacobus Palma, Santerre, etc.

Dessins — Pastels — Gravures

Quatre Tapisseries italiennes et de la Renaissance;
Six Tapis anciens d'Orient.

DONT LA VENTE AURA LIEU

HOTEL DROUOT, SALLE N° 3

Les Lundi 17 et Mardi 18 Mai 1886

A DEUX HEURES

M° GUSTAVE COULON	**M. E. VANNES**
COMMISSAIRE-PRISEUR	EXPERT
56, Faubourg-Montmartre, 56	54, Faubourg-Montmartre, 54

EXPOSITION PUBLIQUE : Le Dimanche 16 Mai 1886

DE 2 HEURES A 5 HEURES

HOMO
IMPRIMERIE DEL ART

CONDITIONS DE LA VENTE

Elle sera faite au comptant.

Les acquéreurs payeront en sus des enchères *cinq pour cent*, applicables aux frais.

L'exposition mettant le public à même de se rendre compte de l'état des objets, il ne sera admis aucune réclamation une fois l'adjudication prononcée.

Paris — Imprimerie de l'Art. E. Ménard et J. Augry,
41, rue de la Victoire, 41.

DÉSIGNATION DES OBJETS

1 — Petite soupière d'époque Louis XV avec son plateau, en faïence de Lorraine décorée de guirlandes de fleurs ; une rose forme le bouton du couvercle.

2 — Très belle soupière en ancienne faïence de Lorraine, avec son grand plateau à bords chantournés et gaufrés de fleurs. La soupière, de forme oblongue, est ornée de fleurs, sur les côtes de deux figurines en haut-relief, et terminée aux anses par des têtes de sanglier ; le couvercle est surmonté d'un beau bouquet de légumes. Très beau spécimen d'époque Louis XV.

3 — Quatre vieux cornets en faïence siculo-arabe à reflets métalliques cuivreux.

4 — Grand plat en vieux Rouen, décoré en bleu d'un lambrequin sur le marli et au centre d'un dauphin entouré d'arabesques.

5 — Autre grand plat en vieux Rouen, décoré en bleu au centre d'une étoile rayonnante et d'un lambrequin sur le marli.

6 — Cinq petits plats en vieux Moustiers, décor genre Bérain, en polychrome.

7 — Six pots à crème côtelés et dorés, sur leur plateau à bords chantournés, en ancienne faïence de Lorraine. Époque Louis XV.

8 — Jardinière en vieux Moustiers, formée d'un couvercle de soupière.

9 — Bouteille en vieux Delft à col allongé.

10 — Petit brûle-parfums en ancienne faïence de Lorraine, orné d'une statuette d'enfant, d'un petit chien et de fleurettes.

11 — Assiette en vieux Delft, marli à bossages.

12 — Petit pot en ancienne pâte tendre de Sèvres, à fond bleu de roi, décoré d'oiseaux dans deux médaillons en réserves. Le couvercle à fleurettes est terminé par un bouton de rose. Le décor est de Chapuis aîné, 1767.

13 — Sept assiettes en porcelaine de Furstenberg, décor à petits bouquets et fleurettes sur le marli.

14 — Beau plat ovale en ancienne faïence dite suite de Palissy ; le sujet central est le baptême du Jourdain.

15 — Autre plat plus petit de la même suite et même sujet.

16 — Fontaine en vieux Rouen à mascarons, décor bleu.

17 — Soupière et saladier en Strasbourg.

18 — Sept assiettes diverses.

19 — Huilier avec ses burettes.

20 — Cinq salières.

21 — Coupe Saxe.

22 — Beurrier et cuiller à sucre.

23 — Pot à thé d'époque Louis XV, en marbre.

24 — Deux bas-reliefs en albâtre du xvie siècle.

25 — Deux bas-reliefs du xviie siècle, en cuivre repoussé, ciselé et doré ; l'un représente les Saintes Femmes portant des parfums au tombeau de Jésus ; l'autre, l'Apparition de Jésus aux pèlerins d'Emmaüs.

26 — Deux jolis flambeaux en cuivre argenté et ciselé. Époque de la Régence.

27 — Deux bouts de table, en cuivre argenté d'époque Louis XVI.

28 — Deux flambeaux en cuivre argenté. Époque Louis XVI.

29 — Christ en ivoire d'époque Louis XIV.

30 — Montre en or, fin Louis XVI, à deux rangs de perles, et ornée d'une miniature représentant Cérès.

31 — Miniature : Portrait de jeune femme en costume Louis XVI.

32 — Timbale en argent d'époque Louis XV, et marquée : *N. Bailly*.

33 — Sucrier à poudre, en argent. Style Louis XV.

34 — Dessus de boîte, genre vernis Martin, représentant une scène genre Téniers.

35 — Médaille en argent doré du temps de Henri IV.

36 — Deux plaquettes en métal à sujets en bas-relief.

37 — Boîte à épices, de style gothique.

BOIS SCULPTÉS — MEUBLES ET SIÈGES

38 — Beau baromètre d'époque Louis XVI, de forme ronde, en bois sculpté et doré. Le médaillon est entouré d'une belle guirlande de roses et de feuilles, surmonté de deux tourterelles et d'un piédestal supportant un vase flammé et enguirlandé.

39 — Statuette en bois sculpté.

40 — Beau cadre de Bagard-de-Nancy, contenant un dessin d'école italienne.

41 — Fauteuil d'époque Louis XIII ; les crosses, le croisillon et la devanture sont finement sculpté.

42 — Fauteuil d'époque Louis XIV, sculpté à croisillons et couvert en tapisserie fond crème à fleurs au gros point, dossier carré.

43 — Autre fauteuil de même époque, même modèle, couvert en tapisserie fond noir.

44 — Fauteuil d'époque Louis XIV, à dossier arrondi, couvert en tapisserie fond vert et au gros point.

45 — Deux tabourets ; même époque et même couverture.

46 — Petit fauteuil jarretière d'époque Louis XVI, en bois rechampi noir et or, couvert en tapisserie au point, fond vert semé de fleurs de lis.

47 — Deux chaises d'époque Louis XIV, à bois apparent et finement sculpté, couvertes en reps mouliné.

48 — Table-servante d'époque Louis XVI, en acajou, de forme ronde, à galerie de cuivre et marbre blanc.

49 — Jolie table rectangulaire à pieds tors et croisillons, complètement couverte d'une riche mosaïque en bois de couleurs et d'applications d'ivoire.

50 — Cabinet italien de la Renaissance italienne à six tiroirs et un vantail formant milieu, orné de plaques d'ivoire gravé, de filets de cuivre et d'écaille avec quatre tiroirs à l'intérieur.

51 — Autre cabinet de la Renaissance italienne, à neuf tiroirs, avec un beau vantail orné de colonnettes torses et de cuivres ; il est incrusté de filets en bois de couleur et orné d'applications en écaille.

52 — Branche de roses, marguerites et feuillages en bois sculpté et doré.

53 — Cabinet italien, à portes et tiroirs en ébène.

54 — Commode ancienne.

55 — Petit meuble ancien.

56 — Cadres en bois sculpté anciens. (Ce lot sera divisé.)

57 — Commode d'époque Louis XVI, avec son marbre de Sienne.

58 — Console Louis XVI, avec marbre de Sienne.

59 — Petit bureau Louis XVI, à cylindre.

60 — Porte-faïences en chêne sculpté.

TAPISSERIES

61 — Belle tapisserie de la Renaissance italienne, sujet à personnages casqués et laurés; sur la bordure, ornée de salamandres, de mascarons, d'armures, etc., on lit la devise romaine souvent répétée : S. P. Q. R.

62 — Tapisserie verdure, d'époque Louis XIV : scène champêtre à petits personnages, et belle bordure.

63 — Grande tapisserie verdure à personnages et vue de château.

64 — Autre grande tapisserie formant pendant.

65 — Joli panneau en tapisserie au petit point de Saint-Cyr, représentant la conquête de la Toison d'or.

66 — Médaillon au petit point : Singe et moutons.

67 — Six tapis d'Orient anciens de nuances et dessins divers. (Sera divisé.)

PASTELS — TABLEAUX — DESSINS

BREUGHEL

(le Vieux)

Les Quatre Saisons.

68 — LE PRINTEMPS. Au premier plan, hommes et femmes sont occupés aux travaux de la saison. A droite, une bergerie, où se fait la tonte des moutons. Au fond et à gauche, près d'une rivière, les paysans se livrent à la danse.

69 — L'ÉTÉ. Des moissonneurs fauchent le blé mûr. Sur le devant, l'un d'eux boit à même une jatte. Au fond, on voit le village, à droite duquel une rivière se perd dans l'horizon.

70 — L'AUTOMNE. Au premier plan, des villageois sont occupés à dépecer un porc, pendant que d'autres, à droite et au fond, sont en train de faire la vendange.

71 — L'HIVER. Scènes de patinage ; à droite, une
maison couverte de neige dans l'intérieur de
laquelle on voit un festin.

BREUGHEL

(le Vieux)

72 — Composition : Un aveugle joue de la vielle, il
est suivi d'une troupe d'enfants ; à droite, des
paysans tuent un porc ; au fond, la rue du village.

PALMA JACOBUS

(le Vieux)

73 — Scène de la Passion : Jésus portant sa croix
est tombé, il est entouré de sainte Marthe et de
nombreux pharisiens.

Haut., 3 m. 25 ; larg., 1 m. 92.

PALMA JACOBUS

(le Vieux)

74 — Autre tableau du même maître : Jésus, descendu
de la croix, est entouré par les saintes femmes.

Haut., 2 m. 5o ; larg., 1 m. 5o.

75 — **Santerre**. Jeune fille en toilette du matin, appuyée à sa fenêtre.

76 — **Montpezat**. Scène de chasse.

77 — **Bonnington**. L'Inondation.

78 — **Oudry** (École de). Chien en arrêt sur un nid.

79 — **Sauvage** (Genre de). Deux grisailles.

80 — **École du XVIIIe siècle**. Peinture en grisaille.

81 — Deux pastels d'époque Louis XV : Portraits de jeune femme.

82 — **Pille (Henri)**. La Saint Nicolas. Beau dessin à la plume.

83 — **Pille (Henri)**. La Nuit de Noël. Formant pendant avec le précédent.

Les Tableaux et Dessins ci-dessous seront vendus le **Mardi 18 Mai** et exposés avant la vente.

ÉCOLE ITALIENNE

84 — Triptyque.

85 — La Vierge, Joseph, Jésus et Jean.

86 — Sainte Thérèse.

87 — La Vierge et l'Enfant Jésus.

88 — La Vierge et Jésus dans la crèche.

89 — Jésus et saint Jean.

90 — Le Temps montre son sablier à de pauvres gens.

91 — La Fuite en Égypte.

92 — L'Annonciation.

93 — Sept petites peintures sur cuivre : Ruines de la campagne romaine.

94 — Scène d'ombres chinoises.

95 — Femme en prière.

96 — Jésus devant Pilate.

97 — L'Annonciation.

ÉCOLES DIVERSES

98 — **Breughel.** Sujets mythologiques.

99 — **Muller.** Enfant à l'oiseau.

100 — **Muller.** Enfant au papillon.

101 — **Canon.** Jean qui rit.

102 — **Canon.** Jean qui pleure.

103 — **Joly.** Tête de femme.

104 — **Brochard.** Tête de femme.

105 — **Bazin.** La Tasse de café.

106 — **De Vince.** Tête d'enfant.

107 — **D'Adeline.** Fleurs.

108 — **Greuze** (Genre de). Enfant au chien.

109 — **Boucher** (École de). Femme nue.

110 — **Delpino.** Marine.

111 — **Inconnu.** Paysage.

112 — **De Launay.** Portrait de jeune femme.

113 — **Drolling.** Le Mendiant.

114 — **Pata.** Effet de neige.

115 — **Suchet.** Marine.

116 — **Inconnu.** Coin de forêt.

117 — **Inconnu.** Pêcheurs.

118 — **Mouren.** Mare et bestiaux.

119 — **Mouren.** Moutons.

120 — **Coqueret.** Moine.

121 — **Nègre.** Marine.

122 — **École du XVIIIe siècle.** — Jeune Femme.

123 — **Durangel.** Enfant endormi.

124 — **Inconnu.** Le Fauconnier.

125 — **Bousquet.** Marine.

126 — **Inconnu.** Les Amours.

127 — **Inconnu.** Nature morte.

128 — **Inconnu.** Marine.

129 — **Inconnu.** Marine.

13o — **Inconnu.** Paysage.

131 — **Inconnu.** Paysage.

132 — **Inconnu.** Coin de forêt.

133 — **Inconnu.** Coin de forêt.

134 — **Inconnu.** Paysage au crayon noir.

135 — Environ 15o livraisons du journal *l'Artiste.*

136 — Quatre grandes gravures sous verre.

137 — Deux gravures anglaises d'après Wight :
Le Modèle; le Maréchal ferrant.

138 — Gravure au lavis de P. M. Alix.

139 — Deux portraits d'homme en couleur, du
xviiie siècle.

14o — Gravure anglaise en couleur : la Marchande
de petits cochons.

141 — Autre : le Premier Désir.

142 — Cartons de dessins coloriés de la Révolution.

143 — Gravures du xviiie siècle.

144 — Gravures anglaises.

145 — Gravure coloriée de Dubucourt.

146 — Lithographie de Raffet.

147 — Objets divers.

www.ingramcontent.com/pod-product-compliance
Lightning Source LLC
LaVergne TN
LVHW021622170726
843501LV00010B/4116